9 Décembre 1909.

OBJETS D'ART

DU XVIIIe SIÈCLE

Tapisseries Anciennes

DES GOBELINS & D'AUBUSSON

BRONZES & MEUBLES ANCIENS

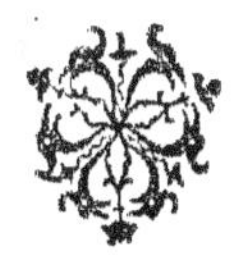

EXEMPLAIRE DE H. STETTINER

Décembre 1909

CATALOGUE

DES

OBJETS D'ART

DU XVIIIE SIÈCLE

Tableaux Anciens — Sculptures — Orfèvrerie

OBJETS DE VITRINE

Miniatures, Étuis, Boîtes, en or émaillé, Porcelaines, Objets divers

BRONZES D'AMEUBLEMENT

PENDULES, CANDÉLABRES, ETC., EN BRONZE DORÉ

BEAUX MEUBLES EN MARQUETERIE

Bureau-Cartonnier, Commodes, Petites Tables, etc., des époques Louis XV et Louis XVI

AMEUBLEMENTS DE SALONS

EN ANCIENNE TAPISSERIE DU XVIIIe SIÈCLE

TRÈS BELLES TAPISSERIES ANCIENNES

des Gobelins : *Mercure et Argus*

et d'Aubusson : *Trois Pastorales*, d'après J.-B. Huet

ANCIEN TAPIS PERSAN DU XVIe SIÈCLE

Etc., etc.

Provenant de plusieurs Amateurs

ET DONT LA VENTE AUX ENCHÈRES PUBLIQUES AURA LIEU A PARIS

HOTEL DROUOT, SALLE N° 6

Le Jeudi 9 Décembre 1909, à 2 heures

COMMISSAIRE-PRISEUR	EXPERTS
Me F. LAIR-DUBREUIL	MM. PAULME & B. LASQUIN FILS
6, rue Favart	10, r. Chauchat 11, r. Grange-Batelière

EXPOSITIONS

PARTICULIÈRE : *Le Mardi 7 Décembre 1909, de 1 h. 1/2 à 6 heures.*

PUBLIQUE : *Le Mercredi 8 Décembre 1909, de 1 h. 1/2 à 6 heures.*

CONDITIONS DE LA VENTE

Elle sera faite au comptant.

Les adjudicataires paieront *dix pour cent* en sus des enchères.

Paris — Imp. Georges Petit, 12, rue Godot-de-Mauroi. — 20200-09.

TABLEAUX ANCIENS
Dessins

ÉCOLE FRANÇAISE
(xviiie siècle.)

1 — *L'Été et l'Hiver.*

Deux peintures décoratives en camaïeu.

Haut., 1 m. 90; larg., 1 m. 15.

ÉCOLE FRANÇAISE
(Époque Régence.)

2 — *Portrait de femme.*

En buste, décolletée, vêtue d'un corsage de brocart, bordé de dentelles; manteau rouge, retenu à l'épaule.

Toile. Haut., 59 cent.; larg., 50 cent.

Cadre en bois sculpté doré.

Collection Lelong.

BILCOCQ

3 — *Le Modèle espiègle.*

Bois. Haut., 22 cent.; larg., 17 cent. 1/2.

Cadre Louis XVI en bois sculpté doré.

BILCOCQ

4 — *L'Heureuse famille.*

Importante composition à cinq pesrsonnages, dans un intérieur rustique.

Signé et daté : *1797.*

Toile. Haut., 65 cent.; larg., 80 cent.

Cadre ancien en bois sculpté doré.

BOUCHER
(École de FRANÇOIS)

5 — *Pastorales dans des paysages.*

Trois peintures décoratives de forme ovale en camaïeu.

Toiles. Haut., 69 cent.; larg., 80 cen..

Cadres anciens en bois sculpté doré.

LECLERC des Gobelins Fils
(JACQUES-SÉBASTIEN)
1734-1785.

6 — *Diane et ses compagnes.*

Le Bain de Diane.

Deux importantes miniatures rectangulaires.

Signées et datées : *1758* et *1760.*

Haut., 34 cent.; larg., 27 cent. 1/2.

MAYER
(Mlle CONSTANCE)

7 — *Son Portrait.*

L'artiste s'est représentée peignant dans son atelier.

Dessin au crayon noir.

Haut., 43 cent.; larg., 32 cent.

OBJETS D'ART

PORCELAINES ANCIENNES

8 — Paire d'aiguières en biscuit de Wedgwood; modèle d'après Clodion.

Haut., 40 cent.

9 — Tasse cylindrique et sa soucoupe, en ancienne porcelaine de Saxe, décorée, sur fond gros bleu, de médaillons réservés à sujets mythologiques, d'après Angelica Kauffmann, peints en grisaille, avec bordure dorée.

10 — Groupe en ancienne porcelaine de Saxe : bergère assise sur un tertre, près d'un panier de fleurs; un mouton est à ses pieds.

11 — Statuette de tambourinaire, assis sur un tronc d'arbre auprès d'un arbuste en fleurs. Ancienne pâte tendre de Mennecy, émaillée en blanc.

Haut., 18 cent.

12 — Tasse cylindrique couverte et sa soucoupe, en ancienne porcelaine dure de Sèvres, décorée d'un semis de roses sur fond or. Époque Louis XVI.

13 — Deux statuettes en ancien biscuit tendre de Sèvres, se faisant pendant : fillette tenant une cage ouverte, l'oiseau envolé. Marque en creux de *Le Trône*. Jeune paysan tenant deux oiseaux; à ses pieds, une hotte de vendangeur. Pendant du précédent.

Haut., 21 cent.

14 — STATUETTE de fillette nue, couchée sur un coussin recouvert d'une draperie parsemée de fleurettes. Ancien biscuit tendre de Sèvres, portant, gravée dans la pâte, la signature et la date : *J.-H. Xavery, 1769.* Modèle inconnu, qui représenterait une jeune princesse d'Orléans.

Long., 5o cent.

15 — ASSIETTE à bord festonné, en ancienne porcelaine de Sèvres, pâte tendre, décorée en couleurs et dorure. Au centre, rose dans un encadrement rond, fait d'une couronne de fleurs. Au marli, feston de fleurs en torsade, s'entrecroisant avec un ruban bleu pointillé d'or. Année 1773. Décor par *Chauvaux père* et *Thévenet père.*

Diam., 25 cent.

16 — ASSIETTE à bord festonné, en ancienne porcelaine de Sèvres, pâte tendre, décorée en couleur et rehaussée de dorure. Au centre, arbuste et volatile; au marli, à relief, trois médaillons en blanc ornés de fleurs, réservés sur fond bleu turquoise, avec feuillages et guirlandes en dorure. Décor par *Le Guay, Chabry ;* dorure par *Vandé.*

Diam., 24 cent. 1/2.

17 — TRÈS BELLE ASSIETTE en ancienne porcelaine tendre de Sèvres, décorée en couleurs et rehaussée en dorure. Au centre, paysage, arbuste et volatiles dans un médaillon rond entouré d'une bordure à feston de petites fleurs sur fond violet. Marli de même couleur, chargé de petits rinceaux offrant six médaillons ronds à fleurs, sur fond alternativement bleu et rose, trois ovales à oiseaux et trois compartiments à rinceaux dorés. Année 1790. Décor par *Pierre* et *Sioux aîné.*

Diam., 24 cent.

18 — LOT DE FLEURS en ancienne porcelaine de Sèvres, pâte tendre.

Vente Beurdeley.

OBJETS DE VITRINE

Étuis, Boîtes émaillées, Miniatures, Matières dures, etc.

19 — Coupe en jade taillé et gravé, à deux anses ajourées faites d'animaux chimériques, et plaque d'applique en jade taillé, ajouré et gravé : dragon passant. Ancien travail chinois.

20 — Petit vase brûle-parfum en cristal améthyste, à quatre anses munies d'anneaux mobiles, et ornementé de feuillages en léger relief. Ancien travail chinois.

21 — Grand vase couvert de forme aplatie, en jade vert, muni de deux anses à anneaux mobiles et ornementé d'un lambrequin et de branchages fleuris en relief ; socle en bois de fer. Ancien travail chinois.

Haut., 29 cent.

22 — Tire-bouchon en argent repoussé, à sujet : le Renard et la Cigogne. Époque Louis XV.

23 — Petite miniature ovale : portrait de femme en corsage blanc décolleté et coiffure de linon. Écrin en galuchat. xviiie siècle.

24 — Miniature ovale peinte sur ivoire : portrait de la Duchesse de Berry, signée et datée : *Gonnien, 1824*. Au revers du cadre en bois de merisier et bronze doré, on lit l'inscription : *Madᵉ la Duchesse de Berry peinte par Gonnien, en 1824, l'année de l'assassinat de son mari, dont elle porte le deuil.*

Haut., 89 millim.; larg., 62 millim.

25 — Grande miniature rectangulaire peinte sur ivoire. Elle représente, vu à mi-corps : *Auguste-Stanislas, roi de Pologne.* xviiie siècle.

Haut., 105 millim.; larg., 90 millim.

26 — MINIATURE ovale : portrait de jeune femme, vue à mi-corps, assise, en robe blanche décolletée, l'épaule recouverte d'une écharpe. Signée à gauche : *Guérin*.

Cadre-médaillon en argent.

Haut., 10 cent.; larg., 8 cent.

27 — IMPORTANTE MINIATURE de forme ovale, peinte à l'aquarelle par *J. Isabey*. Elle représente *Madame Adélaïde, sœur du roi Louis-Philippe*. Signée en bas, à gauche.

Haut., 17 cent. 1/2; larg., 12 cent. 1/2.

28 — ÉTUI ouvrant à charnière, en jaspe gravé à rocailles et feuillages, à monture d'or et appliques de même métal : branches fleuries pavées de pierres fines. Époque Louis XV.

Haut., 92 millim.

29 — ÉTUI-NÉCESSAIRE à flacons en nacre posée or et argent, à paysages, personnages, fleurs et rocailles. Monture et ustensiles divers, à garniture d'argent doré. Époque Louis XV.

Haut., 82 millim.

30 — ÉTUI-NÉCESSAIRE cylindrique ovale, décoré au vernis de paysages maritimes à personnages, et cerclé d'or. XVIIIe siècle.

Haut., 112 millim.

31 — ÉTUI-NÉCESSAIRE de forme aplatie à face ondulée en or. Il est muni de petits ustensiles : canif et petite cuiller en or. XVIIIe siècle.

Haut., 90 millim.

32 — ÉTUI-NÉCESSAIRE, forme carquois, fait de plaques de nacre gravée à arabesques et mascarons dans une monture en métal doré. Il est muni de différents ustensiles en nacre à monture d'argent et or. XVIIIe siècle.

Haut., 107 millim.

33 — ÉTUI-NÉCESSAIRE de forme rectangulaire aplatie, décoré au vernis de paysages maritimes, animés de personnages et de deux petites miniatures en médaillons ovales. Monture d'or gravé. Il est muni de différents ustensiles montés en or. XVIIIe siècle.

Haut., 90 millim.

34 — Étui a aiguilles cylindrique surmonté d'une petite cage
à serin, en ancienne porcelaine tendre, décorée en couleur
et dorure; branches de fleurs et bandes vertes. Sur le bas de
la cage, on lit la devise : *Je vis en amitié*. xviiie siècle.

Haut., 116 millim.

35 — Étui ouvrant à charnière en jaspe sanguin. Monture en
or à rocailles feuillagées. xviiie siècle.

Haut., 95 millim.

36 — Étui a cire prismatique à pans coupés en or, à bordures
et bagues, faites de laurier sur fond amati; les faces à petits
pois sur fond guilloché. Cachet gravé sur lapis-lazuli.
Époque Louis XVI.

Haut., 120 millim.

37 — Étui a cire prismatique à petits pans coupés en or, à
bordures ciselées de feuillages et fond gravé et guilloché.
Époque Louis XVI.

Haut., 112 millim.

38 — Étui a cire prismatique plat en or de couleur ciselé, gravé
et guilloché; ornementation de bordures à feuillage et médaillons d'attributs divers, sur fond amati. Époque Louis XVI.

Haut., 10 cent.

39 — Étui-nécessaire, dit *souvenir d'amitié,* en ivoire et monture d'or et argent doré, à bordures d'entrelacs; il est orné
sur ses deux faces de deux petits miniatures ovales peintes
en grisaille : amours. Il est muni d'ustensiles divers à monture d'or. Époque Louis XVI.

Haut., 88 millim.

40 — Étui a tablettes, dit *souvenir d'amitié,* en écaille brune
posée or à petites étoiles et disques. Monture en or ciselé
et ajouré à feuillages et fleurs. Sur l'une des faces, petite
miniature, portrait de femme ; sur l'autre, sujet allégorique.
Il est muni de ses tablettes d'ivoire et d'un petit crayon.
Époque Louis XVI.

Haut., 99 millim.

41 — Étui a tablettes, dit *souvenir d'amitié,* en poudre d'écaille bleue posée or à petites étoiles et disques. Monture en or ciselé à bordures ornées. Il est décoré sur chacune de ses faces d'une petite miniature ovale à sujet allégorique. Il est muni de ses tablettes d'ivoire et d'un petit crayon. Époque Louis XVI.

Haut., 98 millim.

42 — Boite rectangulaire, ouvrant à charnière, en or ciselé et montée à cage ; les faces faites de plaques de nacre gravée à rocailles et ornées de petits amours tenant des guirlandes de fleurs en or incrusté de roses. Époque Louis XV.

Long., 82 millim.; larg., 59 millim.

43 — Boite ronde, ouvrant à charnière, en nacre gravée ornée d'appliques en or ciselé, figurant des rocailles et petits amours. Sur le couvercle, compositions à arabesques et rocailles avec personnages mythologiques ; au revers, rosace. Monture en or. Époque Louis XV.

Diam., 80 millim.; haut., 36 millim.

44 — Boite rectangulaire, ouvrant à charnière, en poudre d'écaille brune et monture d'or gravé. Elle offre sur toutes ses faces des sujets variés à portiques, chiens et amours dans des rocailles, posés argent et ors de couleur. Époque Louis XV.

Long., 75 millim.; larg., 54 millim.

45 — Boite rectangulaire, en or ciselé et gravé à fond de vannerie encadré de rocailles fleuries, offrant, au centre de chacune des faces, des trophées d'attributs divers. Époque Louis XV.

Long., 75 millim.; larg., 58 millim.

46 — Boite de forme rectangulaire, ouvrant à charnière, en or ciselé. Elle est décorée sur ses faces, ainsi qu'au pourtour, de bordures à grecques, écoinçons, guirlandes de fleurs, encadrements à tore de laurier, colonnettes et compartiments à chutes de fleurs et feuillages. Elle est ornée sur le couvercle d'un médaillon ovale, portrait de *Pierre le Grand,* peint sur émail, attribué à *Weyler,* et enrichie de branchages en or ciselé et sertis de roses et brillants. Poinçon d'*Éloi Brichard* (1756-1762). Fin de l'époque Louis XV.

Long., 81 millim.; larg., 62 millim.

47 — BOITE ovale, en or ciselé à torsade et festons de fleurettes sur fond amati et partiellement émaillée sur ses faces ainsi qu'au pourtour, en bleu avec guirlandes en dorure. Sur le dessus, médaillon ovale à sujet allégorique peint en couleur en émail. Époque Louis XVI.

Long., 82 millim.; larg.. 60 millim.

48 — BOITE de forme ovale, ouvrant à charnière, en or ; bordures à tores de feuillages et fruits, pilastres à attributs suspendus par des nœuds de ruban, en ors de couleur ; les faces et le pourtour à fond guilloché à petits disques. Elle est ornée sur le couvercle d'une miniature ovale peinte en émail : sujet pastoral en camaïeu sur fond rose. Époque Louis XVI.

Long., 80 millim.; larg., 65 millim.

49 — BOITE de forme ovale allongée, en or ciselé avec fond guilloché et émaillée en vert sur toutes ses faces ; bordures en émaux de couleur et dorure. Sur le couvercle, petit médaillon ovale : buste de Louis XVI en or sur fond blanc étoilé d'or. Époque Louis XVI.

Long., 88 millim.; larg., 42 millim.

50 — BOITE ovale, ouvrant à charnière, à bordure et pilastres, ciselés à tores de feuillages et fleurettes sur fond amati ; les faces et le pourtour guillochés à carrelages étoilés. Sur le couvercle, miniature ovale peinte en couleur sur émail : sujet mythologique. A l'intérieur du couvercle, longue inscription russe gravée. Époque Louis XVI.

Long., 85 millim.; larg., 60 millim.

51 — BOITE ovale, ouvrant à charnière, en or, émaillée sur toutes ses faces en vert, avec entrelacs émaillés en blanc et petites rosaces. Bordures et pilastres à rinceaux de feuillages ciselés et émaillés sur fond amati. Sur le couvercle, médaillon ovale : *l'Enfance de Paul et Virginie.* Époque Louis XVI.

Long., 85 millim.; larg., 61 millim.

52 — BOITE ovale, ouvrant à charnière, en or ciselé, partiellement émaillée. Bordures et pilastres à cordon de fleurettes et ruban, médaillons bustes, en ors de couleur. Sur le couvercle, petit médaillon ovale émaillé : sujet allégorique. Époque Louis XVI.

Long., 80 millim.; larg., 60 millim.

53 — BOITE ovale, ouvrant à charnière, en or, émaillée gris perle à pois sur fond guilloché ; bordures et pilastres à fleurettes et perles simulées, partiellement émaillées en couleur, sur fond amati. Sur le couvercle, médaillon ovale en émail : *Offrande à l'Amour*. Au revers, petit lavis : intérieur de palais. Époque Louis XVI.

Long., 85 millim.; larg., 62 millim.

54 — BOITE rectangulaire plate, à angles coupés, en or, émaillée sur toutes ses faces en bleu et noir. Bordures et angles à feuilles, baguettes et rinceaux en émaux de couleur. Sur le couvercle, médaillon ovale : *la Comédie,* peint en couleur sur émail. Encadrement en or ciselé. Genève, fin du XVIIIᵉ siècle.

Long., 92 millim.; larg., 65 millim.

55 — BOITE rectangulaire à angles coupés, ouvrant à charnière, en or, émaillée sur toutes ses faces, à fond bleu verdâtre et rayures. Bordures à festons de fleurs, anneaux étoilés, en émaux de couleurs ; au pourtour et sur le dessus, attributs de l'Amour et médaillon d'homme dans un encadrement de rinceaux et vases en émail vert. Sur le couvercle, sujet historique à nombreux personnages, peint en grisaille sur émail. Encadrement de demi-perles. Genève, fin du XVIIIᵉ siècle.

Long., 87 millim.; larg., 65 millim.

56 — BOITE rectangulaire à angles coupés, ouvrant à charnière, en or, émaillée sur toutes ses faces en bleu, avec bordures et pilastres en émaux de couleur. Le couvercle offre une composition émaillée à sujet historique ; encadrement de demi-perles. Genève, fin du XVIIIᵉ siècle.

Long., 88 millim.; larg., 64 millim.

57 — BOITE de forme rectangulaire, à angles arrondis, ouvrant à charnière, en or ciselé, et émaillée sur toutes ses faces d'étoiles, rosaces, anneaux. Bordures à festons de feuillages. Sur le couvercle, rinceaux à pampres de vigne sur fond amati et médaillon ovale peint en émail : *le Galant cavalier*. Genève, fin du XVIIIe siècle.

Long., 90 millim.; larg., 65 millim.

58 — BOITE rectangulaire, plate, à angles arrondis, en or, émaillée en bleu et noir sur fond guilloché. Bordures et angles à feuilles, baguettes et guirlandes. Sur le couvercle, miniature rectangulaire à angles coupés, émaillée en couleur : *Vue de Savoye*, sujet familial. Au revers du couvercle, on lit, gravée, l'inscription : *Les acteurs français de Sa M^{té} l'Empereur Alexandre Ier à M^o Laveau an 1812*. Genève, commencement du XIXe siècle.

Long., 97 millim.; larg., 67 millim.

59 — BOITE de forme rectangulaire, à coins arrondis, ouvrant à charnière, en or partiellement émaillé, à coquilles en bleu sur fond noir; bordures à fleurons et écoinçons avec rinceaux. Elle est enrichie, sur le couvercle, du chiffre *F.R.VI.* couronné, pavé de roses, au centre d'un losange fait de 28 brillants. Genève, commencement du XIXe siècle. Présent de *Frédéric VI, roi de Danemark*.

Long., 90 millim.; long., 65 millim.

OBJETS VARIÉS

Orfèvrerie — Sculptures en bronze et marbre.

60 — AIGUIÈRE à anse volute, en argent gravé et doré; panse ornée de petits contreforts en relief, déversoir à mascaron et piédouche à godrons. Espagne, XVIe siècle.

Haut., 18 cent.

61 — AIGUIÈRE Louis XIV en argent gravé; panse ornée de palmettes en relief, anse à cariatides, déversoir à mascaron, couvercle et base à godrons.

Haut., 25 cent. 1/2.

62 — **Sucrière a poudre** en argent; décor de lambrequins gravés palmettes en relief sur la panse et godrons à la base. Époque Régence.

Vente Challe.

Haut., 26 cent.

63 — **Aiguière** et son bassin, en argent, de forme contournée à filets repoussés et coquilles. Vieux Paris, xviiie siècle.

Haut. de l'aiguière, 25 cent.
Larg. du bassin, 37 cent.

64 — **Deux statuettes** d'hommes, en bronze patiné, figurant Jupiter et Vulcain. Italie, xviie siècle. Socles en bois.

Haut., 33 cent.

65 — **Groupe** en marbre blanc, représentant une jeune femme nue debout, appuyée contre un tronc d'arbre recouvert d'une draperie, les jambes croisées, le corps légèrement penché en avant, tenant dans sa main droite un bouquet de roses; à son côté gauche, un amour lui dérobe un cœur. Attribué à *Falconet*. xviiie siècle.

Haut., 46 cent.

ANCIENS BRONZES D'AMEUBLEMENT

Pendules, Cartel, Candélabres, Vases montés, etc.

66 — **Paire de chenets** en bronze ciselé et doré, formés chacun d'un enfant assis sur des rocailles. Époque Louis XV.

Haut., 27 cent.

67 — **Paire de chenets** en bronze ciselé et doré, modèle à vase-cassolette enflammé, reposant sur un socle circulaire, enguirlandé de draperie et galerie à entrelacs. Époque Louis XVI.

Haut., 47 cent.; larg., 46 cent.

68 — **Paire de petits vases** en verre bleu; monture en bronze ciselé et doré. Époque Louis XVI.

69 — **Paire de flambeaux-cassolettes** en bronze patiné et doré; vase à guirlandes de laurier et nœuds de ruban, sur fût cannelé et base carrée à piastres. Époque Louis XVI.

70 — PAIRE DE VASES COUVERTS de forme ovoïde, à piédouche en marbre onyx. Monture en bronze ciselé et doré; collerette ajourée à entrelacs, anses à mascarons d'hommes. Base carrée moulurée et ornée. Époque Louis XVI.

Haut., 37 cent.

71 — PENDULE en marbre blanc et bronze ciselé et doré : l'Amour rémouleur aiguisant ses traits. Socle à côtés cintrés, mouluré et orné de perles, avec frise en bronze doré. Époque Louis XVI.

Haut., 35 cent.

72 — PETITE FONTAINE A PARFUM, formée d'un moutardier en ancienne porcelaine à décor de fleurs. Monture faite d'une terrasse de forme contournée, agrémentée d'une coupe godronnée, de roseaux et de branchages en bronze doré, avec fleurs et volatiles en porcelaine. XVIII° siècle.

Larg., 21 cent.

73 — ÉCRITOIRE formée d'une plaque, de forme contournée, en laque noire, sur laquelle sont montés trois pots à sorbets en ancienne porcelaine tendre de Sèvres, agrémentés de flambeaux soutenus par des branchages feuillagés en bronze doré. XVIII° siècle.

Larg., 22 cent.

74 — PAIRE DE VASES COUVERTS en ancienne porcelaine de Paris, décorés d'un semis de roses en couleur, et d'étoiles en dorure, sur fond blanc. Ils forment brûle-parfums et sont montés en bronze finement ciselé et doré; deux anses feuillagées reliées par des chaînettes, collerette ajourée, piédouche et base carrée ornementés de laurier et rais-de-cœur. Époque Louis XVI.

Haut., 32 cent.

75 — PENDULE-CARTEL D'APPLIQUE en bronze ciselé et doré, à décor de ruban, mascarons, guirlandes de laurier, graines, etc. Cadran de *E. Michau, à Orléans.* Fin de l'époque Louis XV.

Haut., 60 cent. environ.

76 — Paire de candélabres à dix lumières, en bronze ciselé, doré et émaillé, composés de trépieds à têtes d'aigles, supportant un vase à long col, où sont fixées les branches porte-lumières ornées de feuillages et terminées par trois têtes de coqs. Époque Louis XVI.

Haut., 90 cent.

77 — Pendule en bronze très finement ciselé, doré et partiellement émaillé lapis, agrémenté de deux groupes en ancien biscuit de Sèvres. Le mouvement, à cadran orné, est renfermé dans une cage octogonale surmontée d'un groupe de deux colombes se becquetant sur une branche de roses, et repose sur un socle carré à pans coupés, orné d'un lambrequin à glands, avec pieds de biche accouplés. De chaque côté se trouve un groupe en ancien biscuit de Sèvres, d'après Boizot, représentant : *la Leçon à l'Amour* et *la Leçon de l'Amour*. Socle rectangulaire à extrémités cintrées, décoré de moulures ornées et enrichi d'un bas-relief : ronde d'amours, en ancien biscuit à fond bleu ; huit petits pieds forme toupie. Le cadran, signé de *Dubuisson*, porte l'inscription : *F. L. Godon, R⁰ de Camera de S. M. C.* Époque Louis XVI.

Haut., 37 cent. ; larg., 45 cent.

MEUBLES ANCIENS

78 — Meuble a deux corps, ouvrant à une porte et deux tiroirs de face avec deux portes latérales, en bois sculpté. Riche ornementation : bas-reliefs, statuettes, colonnes, consoles, mascarons et moulures ornées. En partie du XVIᵉ siècle.

79 — Grand paravent à quatre feuilles en ancienne laque rouge de Chine, décoré et rehaussé de dorure : paysages maritimes avec pagodes, et barques animées de personnages. Encadrement fait d'une bordure à médaillons : petits paysages et branchages avec oiseaux.

Haut., 2 m. 15 ; larg. d'une feuille, 70 cent.

Collection Lelong.

80 — **Bureau a dos d'ane**, de forme contournée, en marqueterie de bois de placage à losanges. Il ouvre à abattant et quatre tiroirs. Époque Louis XV.

81 — **Petite commode** reposant sur quatre pieds élevés, ouvrant à deux tiroirs, de forme contournée, en bois de placage. Garniture de bronzes ciselés et dorés. Dessus de marbre. Époque Louis XV.

82 — **Secrétaire** bas à hauteur d'appui, de forme contournée sur les trois faces. Il ouvre à abattant et deux portes en marqueterie de bois de placage à gerbes de fleurs dans un médaillon encadré de rocailles. Il est orné de chutes, entrées de serrures, cul-de-lampe et sabots, en bronze ciselé et doré. Dessus de marbre. Estampille de *Migeon*, ébéniste de la marquise de Pompadour. Époque Louis XV.

Haut., 1 m. 07; larg., 93 cent.

83 — **Paire de meubles-encoignures**, de forme contournée ouvrant à une porte, en marqueterie de bois de placage, ornés d'encadrements et de motifs appliques à rocailles en bronze doré. Dessus de marbre mouluré. Estampille de *Lhermite*. Époque Louis XV.

Haut., 92 cent.

84 — **Petite table** à ouvrage de dame ouvrant à trois tiroirs, dont un forme petit bureau à écrire. De forme mouvementée à pieds cambrés en marqueterie de bois de placage à fleurs, il offre sur le dessus, ceinturé de cuivre, un trophée d'instrument de musique et de branchages fleuris dans un encadrement simulant un ruban. Ornementation de petits bronzes ciselés et dorés. Époque Louis XV.

Haut., 72 cent.; larg., 50 cent.

85 — **Petit meuble a hauteur d'appui** ouvrant à tiroirs et porte avec tirette au centre, en marqueterie de bois de placage à carrelages et rosaces; encadrements de moulures. Il est orné de bronzes très finement ciselés et dorés : chutes, astragale, moulures ornées et rosaces. Dessus de marbre brèche. Estampille du maître-ébéniste, *P. Mewesen* (reçu maître le 29 mars 1766). Époque fin Louis XV.

Haut., 1 m. 08; larg., 60 cent.

86 — **Commode** reposant sur pieds cambrés avec partie centrale en légère saillie, ouvrant à trois tiroirs, en bois satiné. Ornementation de bronzes dorés : chutes, sabots, cul-de-lampe et entrées de serrures. Elle porte l'estampille du maître-ébéniste, *R. Lacroix*. Fin du temps de Louis XV. Dessus de marbre.

Long., 98 cent.

87 — **Paire de meubles-encoignures** de forme mouvementée, ouvrant à une porte et tiroir, en marqueterie de bois de placage avec gerbe de fleurs en bois debout. Riche ornementation de bronzes ciselés et dorés : frise de postes et feuillage sur le tiroir, moulure astragale, encadrement, rosaces, draperie, vases, chutes à médaillons, bas-reliefs, cul-de-lampe, etc. Dessus de marbre. Estampille de **N. Petit**. Fin de l'époque de Louis XV.

Haut., 89 cent.; larg., 78 cent.

88 — **Petit bureau** de dame dit *bonheur-du-jour,* en marqueterie de bois de placage, à ustensiles divers : vases fleuris, écritoire, livres, etc., etc. Il repose sur quatre pieds carrés en gaines, reliés par une tablette avec galerie ajourée en cuivre. Le dessus forme petite armoire à porte ouvrant à coulisse par lames brisées. Sous l'abattant qui se replie sont trois compartiments fermant à glissière. Il est orné de quelques petits bronzes dorés. Fin du temps de Louis XV.

Haut., 1 mètre ; long., 80 cent.

89 — **Petite table-servante** et rafraîchissoir forme violon, en bois de rose, reposant sur trois pieds cambrés reliés par deux tablettes. Sur le dessus, petite tablette ronde en marbre blanc entourée d'une galerie en cuivre et récipient en métal doré orné d'une plate-bande à entrelacs. Fin de l'époque Louis XV.

Haut., 79 cent.; larg., 37 cent.

90 — **Petit secrétaire** droit en bois de placage, ouvrant à abattant et deux portes. Dessus de marbre. Époque Louis XVI.

91 — **Petite table-liseuse** rectangulaire s'ouvrant à charnière et formant pupitre, avec tirettes sur les côtés ; pied tripode à colonnette cannelée, orné de cuivres. Époque Louis XVI.

Haut., 75 cent.; larg., 57 cent.

92 — **Paire de consoles** forme demi-lune, en bois sculpté doré, à deux pieds cannelés avec guirlandes. Dessus de marbre blanc. L'une du temps de Louis XVI, l'autre moderne.

93 — **Console** forme demi-lune, en bois sculpté doré, reposant sur quatre pieds-gaines cannelés, reliés par un croisillon au centre duquel est un vase de fleurs. La ceinture ajourée est ornée d'entrelacs et enguirlandée de fleurs. Dessus de marbre brèche. Époque Louis XVI.

Larg., 1 m. 16.

94 — **Meuble d'entre-deux** forme demi-lune, simulant un demi-fût de colonne cannelée, en bois peint au vernis. Au centre, médaillon carré orné d'un vase avec attributs enguirlandés de fleurs. Garniture de bronzes ciselés ; dessus de marbre ceinturé d'une galerie ajourée en cuivre. Époque Louis XVI.

Haut., 1 m. 05.

95 — **Commode** sur quatre pieds fuselés élevés, ouvrant à trois tiroirs, en marqueterie de bois de placage à rosaces dans des carrelages ; au centre de la face, médaillon ovale avec corbeille de fleurs suspendue par un ruban. Elle est richement ornée de bronzes finement ciselés et dorés : frise d'entrelacs et rosaces, moulures d'encadrement, anneaux de tirage, cul-de-lampe, sabots, etc. Dessus de marbre rouge veiné. Estampille de *R. Lacroix*. Époque Louis XVI.

Haut., 90 cent.; larg., 95 cent.

96 — Bureau plat rectangulaire, avec son cartonnier, en marqueterie de bois de placage à carrelages et rosaces en bois clair sur fond de citronnier. Il ouvre à deux tiroirs à la ceinture avec tirettes latérales et repose sur quatre pieds carrés en gaine. Le cartonnier, à tiroir supérieur dans une gorge, repose sur un soubassement muni de portes ouvrant sur les côtés. Garniture de quelques bronzes dorés. Estampille sur le cartonnier, de *Cramer*. Époque Louis XVI.

Longueur totale : 1 m. 45.
Hauteur du cartonnier : 1 m. 43.

ÉCRAN & AMEUBLEMENTS

en ancienne tapisserie.

97 — Écran rectangulaire, cintré du haut, en bois sculpté doré, à motifs d'entrelacs, pilastres et rosaces. Il est muni d'une feuille en ancienne tapisserie de BEAUVAIS, représentant une composition de *J.-B. Huet :* Jeune bergère assise, avec coq et poule, dans un paysage. Encadrement composé d'une couronne de laurier et fleurs sur laquelle s'accroche une draperie bleue à glands, frangée d'or et enguirlandée de fleurs.

Hauteur de la feuille : 65 cent.; larg., 54 cent.

98 — Canapé, non monté, composé de deux pièces, siège et dossier, en ancienne tapisserie fine de PARIS, du temps de la Régence, offrant chacune un sujet de la fable de La Fontaine : *le Renard et la Cigogne,* dans un riche encadrement à rinceaux et arabesques feuillagés et enguirlandés de fleurs, sur fond rouge.

Longueur de chaque pièce : 1 m. 75.

Quatre fragments de même tapisserie accompagnent ce lot.

99 — Cinq pièces pour sièges, en ancienne tapisserie fine de Paris, du temps de la Régence, faisant partie du même ameublement que le canapé précédent. Sujets et encadrements analogues.

100 — AMEUBLEMENT DE SALON en ancienne tapisserie non montée de la Manufacture d'AUBUSSON du XVIIIe siècle, comprenant un canapé et huit fauteuils avec manchettes. Chacune des pièces, siège et dossier, offre des compositions à animaux, tirées des fables de La Fontaine, dans des encadrements à rinceaux et draperies enguirlandées de fleurs ; contrefond vert.

Bel état de conservation.

Longueur du canapé : siège, 2 m. 05 : dossier, 1 m. 85.
Largeur d'un fauteuil : siège, 70 cent.; dossier, 48 cent.

101 — AMEUBLEMENT DE SALON en ancienne tapisserie de la Manufacture de BEAUVAIS, du temps du Consulat (début du XIXe siècle), comprenant quinze pièces : un grand canapé, deux bergères et douze fauteuils. Les sièges et dossiers, de forme rectangulaire, offrent au centre un médaillon oblong à angles coupés, encadré d'une baguette à perles simulant l'or, avec animaux ou volatiles divers dans un paysage, en camaïeu gris sur fond rose. L'alentour est fait de rinceaux et de cornes d'abondance reliés par des guirlandes de fleurs sur fond crème, avec bordure or ; contrefond vert et palmettes d'or aux angles ; plates-bandes à festons de feuillage et fleurs en camaïeu bistre sur fond vert. Bois en acajou.

Longueur du canapé, 1 m. 89.
Largeur d'une bergère, 62 cent.
Largeur d'un fauteuil, 56 cent.

TAPISSERIES ANCIENNES

des Manufactures d'Aubusson et des Gobelins.

TAPISSERIE de la MANUFACTURE ROYALE DES GOBELINS, de la tenture des

MÉTAMORPHOSES

exécutée de 1704 à 1714, dans l'atelier de Jans, d'après le modèle de Bertin.

102 — *Mercure et Argus*.

Au pied de grands rochers plantés d'arbres, qui occupent le côté droit de la composition, Argus, un bâton dans la main droite, est étendu endormi auprès d'un chien et d'un bouc, à gauche. Auprès d'Argus, Mercure, assis à droite, la jambe droite sur le côté gauche, tient sa flûte dans la main droite et une épée dans la main gauche. Plus loin, à droite, un amour est assis sur la génisse Io qu'il tient par une corne. Au premier plan, au milieu, le caducée de Mercure.

Très belle bordure d'encadrement formant cadre, simulant le bois sculpté doré avec cartel aux angles : écu aux trois fleurs de lis d'or sur fond d'azur.

(Voir M. Fenaille : *État général des tapisseries des Gobelins*, XVIIIe siècle, 1re partie, p. 127.)

Haut., 2 m. 35; larg., 3 m. 10.

103 — PETITE TAPISSERIE verdure d'Aubusson du XVIIIe siècle, animée de grands oiseaux. Fond d'habitations.

Haut., 2 m. 10; larg., 3 m. 10.

TENTURE en ancienne tapisserie fine de la
Manufacture Royale d'Aubusson, de la
fin de l'époque Louis XV et d'après des
cartons de Jean-Baptiste Huet.

104 — *Le Départ pour le marché.*

Haut., 2 m. 38; larg., 1 m. 60.

105 — *Le Retour du marché.*

Haut., 2 m. 43; larg., 1 m. 62.

106 — *Les Occupations champêtres.*

Haut., 2 m. 35; larg., 4 m. 63.

Cette dernière comprend trois sujets; chacun d'eux,
à petits personnages et animaux dans des paysages, est
encadré de roses trémières et palmiers enguirlandés de
fleurs; des trophées d'attributs divers sont suspendus au-
dessus des sujets par des nœuds de ruban. Très belle
conservation.

107 — Tapisserie rectangulaire des Flandres du temps de
Louis XIV, représentant un parc avec perspective de châ-
teau, bosquets, parterre, effets d'eaux, et fond de collines
animé, au premier plan et au centre, d'un groupe de cinq
jeunes femmes se parant de fleurs, que contemple un faune
dissimulé dans un buisson, à gauche. Deux autres jeunes
femmes, assises à droite, tressent des guirlandes de fleurs.
Bordures d'encadrement à arabesques, sur trois côtés.

Haut., 2 m. 20; larg., 5 m. 20.

ANCIEN TAPIS PERSAN

TAPIS D'ORIENT

108 — Tapis persan velouté, rectangulaire, offrant, sur fond rouge chargé d'arabesques et d'animaux, un médaillon central à fond bleu, orné de rinceaux feuillagés et fleuris polychromes. Aux quatre angles, écoinçons avec fleurs. Encadrement fait de trois bordures, dont la principale offre un cours de rinceaux, composé de grosses fleurs, fleurettes et oiseaux. XVIe siècle.

Long., 3 m. 15 ; larg., 2 mètres.

109 — Tapis d'Orient rectangulaire, offrant, au centre, une grande rosace sur fonds bleu et crème, avec écoinçons rouge et rubis, à arabesques. Encadrement à sept bordures : rinceaux, fleurs, etc.

Long., 4 m. 5o ; larg., 3 m. 4o.

110 — Ancien tapis de prière d'Orient à fond blanc, écoinçons verts et bordure de couleur.

Haut., 1 m. 68 ; larg., 1 m. 20.

Vente Rikoff.